しのばず

青木由弥子

土曜美術社出版販売

詩集　しのばず

眠りより静かな
無音のかたちに触れる
言葉はまだ
追いつかない

――いこうよ
光の射す一瞬
身をゆだねて

とぶ

枯芝の野をくっきりと隔てる川筋は
白く烈しく発光し
たちのぼるものが大気に断層をつくる
あらゆるものがなだらかに憩い
身がゆるみほどけ
自ら語りだす場所

人の言葉ではなく

抱きとめる腕越しに
今　跳び越えてきたせせらぎの白い炎の
射貫く鋭さに目を伏せる

もう　戻れない
戻らない
戻らなくて、いいよ

ささやき返す声を拾い集める
胃の腑を裏返しても見つからなかったものが
ここでは降るように落ちてくる

たましいに触れてしまった、から
そのくらがりの奥から
細く光が尾をひいて
私の背に、とどき、

あなたがそこに、いてくれる、から

ちりちりとつながる痛みと
深く落ち込んでいくやすらぎ

くちびるを柔らかくふさぐ湿度
沈黙が霜のように降りる

――ゆらいでも、いいですか

歩調を合わせる
見えない人の気配
百年も前から探り合わせていた波長

――ほら、とちの実
ゆすると
からからと
鳴る

*

みちしるべ

枝がたわんで
風の道がみえる

流れていくちぎれ雲
飛行機の　いっぽんの　あおい
たちまち航跡はうすれ

――花筏のようだね

みあげているのか
みおろしているのか
しろくさざ波だつ空いちめんに
風がころがりはしゃぎたわむれ
うめつくす　しろい　乱れ
かきまぜようと　指を　のばす

速度にあわせて
ひとあしごとに跡を追う
枯草を踏みしめるたびに
あなたからしたたり
こぼれおちた言葉が
匂い立つ

梅と
ほのかな麝香をふくんだ
シダーのかおり
楕円形にまるく匂う
ならんで
胸いっぱいにすいこみながら
水のように物語がしみ出す
その肌にふれる

――祖母と母がたくさん物語を持っている人でね
苔玉のように重くにじんで
受け継がれてきた血脈

——水際に生えるのですよ
ハンノキのかたわらを過ぎ
現れては消える幻獣の姿をたずね
——今見たものは影よりも濃いね
足をすべらせたわたしの
迷う手を迷いなく取り
先に行くあなたの
影の

中庭

最後の部屋の扉をあけずに
美術館を出てきてしまった

二階から見えた赤らんだ花房

——マロニエの花だね

沈黙を縫うようにシジミチョウが飛び
ギボウシの覆輪に光がとどまり
すべるように消えた

見えない者が通り過ぎてゆくのを
たしかに感じることがある
気配を呼び寄せては葉陰に戻す人の
上着を通して伝わる体温
最後の部屋には日々の営みを彩るブーケが
いくつも展示されているはずだった

練墨のふくよかさで、奥へ奥へと視線をからめとる黒。カビの胞子が光りながら吸い寄せられ、落ち窪んだ白い頭骨が現れては消える。ルドンの描いた男の目とは、永遠に見つめ合うことができない。蠟燭の灯が映える鍾乳洞、大地の子宮。

増殖する地衣状の色面。ときおり朱が発光する。断ち落とされたオルフェウスの首。横たえられた竪琴を取り巻く虹色の影。

眠りは浅く、水は静かに流れ続ける。波動に覆いかぶさるチタニウムホワイト。震える木々の葉の影を塗り籠めた筆跡。あらわれようとするものを抑え込む、暖色の白。

——あの白を見ましたか
——押し戻すような白でしたね

中庭をめぐる風がほほの間をすり抜けていく
オオデマリがゆれ　コデマリが応え
木々の緑はなおさらに濃く

雨上がり

からっぽになった朝
そっとからだをゆする
にぶい鈴のように音が鳴る
ゆっくりとからだを裏返して
風に身をさらしていく
内側のやわらかいところ

つぶだって
あわだって
陽の光を集めてはずんで
ころがりだしていく
みどりの草の上

手放す　弾ける　割れる　広がる

鈴の音がさざめいて
透きとおりながら空にのぼっていく

しずくたちは葉のふちに
連なってふるえながら
落ちていく　すいこまれていく

大地の闇　おなかの暗く深いところ

私の内側を
さらさらと流れ落ちていくものがある
とどまることを知らぬ流れに
足首をひたし流れに分け入り
すくいあげるうまれたての
ふるえるひかり

陽ざしに溶けているものを
深々と吸いこむ
燃え盛る透明な炎

やがて訪れる
静けさ
くらやみは
決して焼失ではない

告白

あなたの
沈黙の意味を
考えています。

立ち去る影が長くのびて
水になり
夜になりました。
わたしを包んでいる
シャボン玉のような
あわい屈折

（それ以上触れたらこわれると
おもんばかってくださったのですか。

とけあった膜のなかで
空気の濃度が同じでした。
帰るところが既に無いということも。

庭先のホタルブクロが
今朝はもうしぼんで
椋鳥が騒然と遠ざかっていきます。
アジサイの白は空よりも明るい。
雨を呼ぶにおいが
部屋をみたしていきます。

肌をはう湿度は確かなのに
人声は分厚くへだてられて
言葉にならない音ばかりが
乱れ刺しの刺繡のようです。

（あなたの痛みをひとすじ
せめてわかちもたせてください

シャボン玉のなかだけで反響する
わたしの声。

無力であることが
わたしの家です。

夏の日

大きな楡の木があって
一羽の蝶がたずねては去りたずねては去り
そうして百年が過ぎ
歌がうまれた

――という伝説を教えてくれたひとの
うす明るい窓辺に立つシルエット
そのひとはただ待っているだろう
みずから呼ぶことはせずに

夏の雪嶺に続く道をそれて
　下やぶを踏み分け
こもれびのまるく落ちるところ
　つめたくすんだ池の底に
　　婚姻色に染まる魚が
すばやく腹をこすりつける

ゆるやかに舞い上がる数枚の朽葉
　琥珀色に透きとおり
いつかまた静かに重なってゆく
はるかな場所でひびきあう

わたしたちもまた、そのようにあったと
　途切れた言葉の先を運び去る風

ひとの消えた後の余白を
降りこぼれていく金の砂が
舞い立ち渦を巻きながら埋めていく

濃度をあげていく夕べ

木々の葉に食い込む白金は陽の名残
乾き切った表土が蓄えた匂いは
切れ切れに思いをゆさぶる

濃くなっていく影の中に
現れては消える懐かしいしぐさ

はじめの星が
またたきはじめる

颪のゆくえ

沈みゆく沈黙のなかで
手だけが確かなものをみていた

倒れるほど色を濃くする萩をかきあげ
あなたは進んでいった
蜘蛛が紅い腹を見せて小さく番っている
糸を切らぬよう腰を落とす

――みあげてごらん

枝先にだけ葉を残した灌木のふところは
まるく明るい広がりを蓄えていて
陽を吸って灯る烏瓜の赤い実が
祭りの始まりを照らしている

嵐が捥ぎ取った森の小骨
敷き詰められた道は
踏みしめるたびに
ぱきっ　ぱりっ
小さくことばをもらす
はねるように消えていく
そのつぶやきを拾い集める
いつのまにか集まったどんぐり
ちぎれ落ちた蝶の羽
プラタナスの綿毛

読み解いたことばを
みみにふれ
くちびるにふれ
そでぐちから身ごろの裾から
わたしをかたどるように
肌の上をすべり
吹きすぎてゆくあなたの
ほんとうの名を知りたいのです

――なにをみましたか

残響

しのばず

告げるべき言葉をのみこみ
こみあげてくるものを抑えて
ふれる

押しかねる扉の
きしみ
ふたりで
押す
手を
そえて

ひらかれたひろやかなひろがり
立ち枯れた蓮の水際に
鴨たちの描く光跡を
読むことのできぬ文字として
筆写する

あなたの　そして　わたしの
今生の息は風にとけて
水底の蓮根《はすね》の中で出会い
くらがりをくぐり抜けていくはずだから

薄暮
人の灯がともりはじめる

――遅かったでしょうか
――いや、これからだよ

はいのぼる冷気をまといながら
ひとつ　またひとつ
十月桜の
白くほのかに紅をさして
　きゃしゃに
　　笑う

秋声

いちめんにひだを寄せ、衣紋のように連なる水面《みなも》に風がわたる。ぷつぷつ途切れながら光を発し、さざなみとなって寄せる無音のことば、きらめき。から から・・・からから・・・たくさんのかざぐるま。色とりどりの。

ころころと心地よい異国の言葉を交わす旅人。「なにもしないこと」をしながら気配だけを重ねて、ふたりでひとつの景を見ている。ふくらんだ気持ちがとけてほどけていくまでの間、樹冠を越えて吹き寄せる風のすきまに滑りこんで遊ぶ赤蜻蛉の群れを見ている。

ゆるされぬ者の上にもまんべんなく秋の日は透きとおり、わたしはひとりではないと、素直に信じることができる。

樟の実のいちめんに散り敷く浄められた道を行く。何も言えない、言わない。コオロギが鳴いている。

穴惑い

しずかに　くびを　しめられているとき
わたしは　いつも　いきていました

くるうことさえできたら

その言葉は　やわらかくて　まるくて
くずもちのような　かたまりで
そっとほりおこした黒土にうずめると
ありたちが　いちれつになって
一心不乱に　はこんでいきます

勤勉な蟻にも
何割かは　いつも働かない蟻がいる

こころのいちぶも　からだのいちぶも
そうしてねむっているから
わたしたちは　いきていられるのですね

葉先から色のかわりはじめた
ひとなつを生きた緑をながめながら
わたしは今　ねむるしたくをしています

蛹化

吐いて吐いて吐いて
からっぽになった内を裏返して
荒れた粘膜におずおずと触れ
痛みにようやく生を確かめながら
私は眠りに入ろうとしていた

うすく
何重にも張り巡らされた
糸の積層

私を絡めとるもののうちに
みずから沈み込みながら
白くにじむその壁の向こうに
たしかに光るものがある

あきらめながらも
とどくことをねがって
闇に投じた糸の先の
受け手なく跳ね返る打擲の強度
間違いなくそこに見えている人に
渡せないまま崩れ落ちていく言葉

うずたかく降り積もる死骸と抜け殻
はばたくことを試みた痕跡に埋もれて
白くあたたかい沈黙に身をゆだねる

私の内でふつふつと湧き出すものが
身を溶かしていく

かろうじて残る手の感覚を
暗闇の中で確かめる

境界を失ったその先に
なおも身が残るとしたら

きっと私は　ゆるされている

襲来

手紙をいちまい　いちまい　火にくべていく　青や緑の炎をあげながら　手紙は字をパラパラと落とし　透きとおるひとひらの切片となって　風に吹き流されていく

燃え尽きていく文字たちは　鼻をつくにおいを発した　よじれあらがい舐めまわす火を　火掻き棒でかき混ぜる　灰は細かな針状に結晶し　先端へと細く火を放っては　黒く収縮する運動を繰り返す

私は心臓を取り出して　火の落ちた火床に置いた　拍動に合わせてまぶされていく灰は　桃の産毛のように柔らかく陽を返し手に取って頬を寄せると　いっせいに肌に刺さり　ヒリヒリと焼く

あなたが手渡してくれた果実　舌に甘く喉を抉り　欲するほどに飢えを増すもの　月のない空洞が空間を歪め　声だけが反響する　獣のようにあえぐ心臓を再び胸の内に収め　私は火床を踏みつける

黒くしみの残る大地　白茶けた土と混ざり合い濁り合い　臭気は雨を待つ大地のそれに変わる　呼び寄せられた黒雲が　空に堆積している　もうすぐ　火の色の雨が降る

現況

掘り出された本は、沈黙に応じて光を発していた。石灰化した表面をていねいに剝がし磨き、封じられていた声を空に放っていく。

薄くれないの煙状になるときもあれば、黄みを帯びた液体が水中に揺らめき出るように、帯状に立ちのぼり消えていくときもあった。

空の底にたどりついたら、反響してもどってくるはず、そう言いさしたままあの人は消えてしまった。

受け継いだ水晶のナイフがてのひらにはりつき、根を張り、わたしのからだにとけこんでいく。

てのひらを空にかざす。もっと自在に、私の指そのもののようにナイフをあつかえるようになるまで、幾千回、あの地平から陽が昇るのだろう。

剥がされた切片が、雲母のように煌めいてこぼれ落ちる。私の周りに広がる、ただ茫漠とつづく白い砂漠は、私が生み出したものに相違なかった。

坑道

本を開き　白い扉を引き起こす　磨き抜かれた階段　壁面は大理石　かすかに発光しているアンモナイト　実りかけたまま朽ちた林檎　人間の手足　様々なものが堆積して静かに息をしている

降り切った先に坑道が続いている　歩くでもなくすべるでもなく　周りの景がゆきすぎていく　暗闇がまぶたを開き　前方に白い光　眼下に雪原が広がっている　指先に力をこめて顔を突き出す　ここは岩壁の中腹　耀く白い山肌　無数の黒い穴が墓のように口を開けている

サクサクとパイを噛むような音がする　遠くない場所に誰かいるのだ　私も突き当たりに座り　もろく風化した壁面をはがし取る　ほのかに甘い香り　耳に馴染んだ声　虹の橋詰を突きとめようとした男が　押し花よりも薄く乾いて　白い層に挟まれている

地図だけを残して消えた男　右の壁には私を抱いている腕　左の壁には荷造りをする後姿　噛み砕くと舌の上で溶け　わずかな苦みがのどを降りる　これでもう　あなたを探さなくていい

あなたが手渡してくれた地図は　毛羽立って線が消えてしまった　薄汚れた紙をなぞる手の甲に　半透明の羽軸が生え始めている　すべて生えそろえば　私はここから飛び去れるだろう

天井の剝落が始まった　私は静かに息をしている

光る花

粘板岩と雲母の積層のようだった。指でふれるともろく欠け落ちていく壁は、読み手を待ちつづけ平積みされた古書店の一隅を思わせた。

古びた絨毯はアラベスク文様で縁どられ、魔方陣めいた模様が織り込まれている。その中央から水がわきだしていた。黒……いや、あらゆる色を吸いこんでなお艶めいている、生き物のように盛り上がる水。


あなたが指を差し入れると、アシに似た草が一茎のびあがり、クロユリのような形状の青白く光る花をつけた。

鼓動にあわせてふくらむ水の中で花はゆるやかに上向き、白い鳥になって羽ばたいていった。

私は暗がりの中で人の手を求めていた。いつしか部屋は、ニオイショウブとミソハギの茂る水辺に変わり、もうどこにも行かなくてよいのだと、軟らかな日差しが頬に告げる。

ゆきすぎるものを追うのではなく
霧のむこうを探り求めるのでもなく
いのちのあふれこぼれるきざしを
ふいにもれおちる言葉にからめとること
蜘蛛の巣にかかってもなお羽ばたきを失わない
蝶の翅が照り返す光を丁寧に写し取ってゆくこと

向う岸は見えない。ただ水の面をゆらす風が身の内を抜けていくのを感じている。

*

家路

ツイードの背が闇に沈んで
おぼろげに浮かび上がる街の風景
すきとおっていく背の中に
私は入っていく

遠くに見えた街の形は
いつまでも遠いままで

イネ科の草葉を踏みながら
川べりの道を歩いている

ひろやかな秋の空白

グラウンド
遊具
掃き清められた青空

ゆるやかな堤防の上に
踏み固められた道は
赤に金茶に草の葉をなびかせ
澄んだ空にまで続いている

その先を抜ければ
私が歩いているのはやはり夜のアスファルトで
二重の影がのびて行き違っては交差する
単調な繰り返しのうちに
家路を急いでいるのだろう

だが
家はどこにある

その人はもう
どこにもいないのに

心を残したまま足だけがすすんでいく

いまは
夜の暗がりに
身をひたしている

瞑目

とじれば
ひきよせられていく疎林
昨日を色に残した葉が
ひとひら　ふたひら

風が吹き抜けていく
影が前方にのび
道を教える指先は見えても
その人の貌は見えない

一人の影ではない
あの人のおもざし
その人の肩の形

幾重にも重なり
色が濃くなっていく

ひらけば
皮を剝きかけの林檎
暮れていく台所

ナイフを入れれば
白い肌に蜜がにじむ

さりさりと果肉を嚙む
ひりついたのどに
酸が刺さる

ひとつにかさなりあっていた影が
闇に薄れ消えていくさまを見ている

耳

一本の木の下で
あなたは語り続け　ささやき続け
うもれ続け　いまはもう
なにもない

はだらに黒土のあらわれた大地
土をすくう
飢えた土はあなたをつかんで
離さない

言葉を求める者たちが
発光しながら行き惑うゆうべ
道は静かに空にのぼり
緑の燐光を発して消える

――土はあたたかいのですね

押し寄せるノイズに堪えかねて
ひきちぎった耳を黒土の上に置いた
あなたの吐息が白くからまり
はいのぼり耳を包み
やわらかく馴染んでいく

あのひ耳もとで
くりかえしささやかれ
くちびるでふれられ
しびれを宿した
わたくしの耳

すべてを土に還したら
わたくしの耳も
あおくしろく
光り始めるでしょうか

蝶の翅の形にそろえて
ふたつの耳を
黒土に埋めた

粉砂糖をふるように
朝が降りてきている

灯す

かかえもつ距離はもはや
せきとめることができず

野に放つ

氷壁を破り
あふれ滑り
地と空のあわいに吸いこまれてゆく

（ゆきつく先にいる人へと

心地よい傾斜に身をゆだねる
たとえば蓮の葉をころがる水の光跡
あふれこぼれてからっぽの身軽
（通い路はますますきとおり

声がふるえながら渡っていく
呼び声は野の半ばに届き
応える声も届きかさなり
明るく燃えるものとなった

陽が落ちて
おびやかすものが四方から寄せてきても
ここはあかるくまもられている

たとえばラ・トゥールの描く少年の
白い手がつつむ炎
ほのあかく血を透かしながら
もれだす光と熱
　（あるいは沈黙の充足

ひとたび通じたなら
引き裂いても叩き切っても
透明に糸を引いて
　それを願いと呼ぶのだと
おしえてくれたひとの

　　　　不在

北窓を開ける

眠りから逃れて
隙間に体をすべりこませたのだった
届かない声をふりしぼり
吐いた糸を手繰り寄せて
身を滑らせ
前へ

――ほつれ落ちた糸はしを織り直し蒸気をふくませふっくら戻
　したはずの布目からのぞく隙間
――これは窓だ、素裸の目で、心の外を見るための

（傷は埋まらない、あとはただ、
（壊れていくだけだとしても

傷跡を淋しさと言うのだと
まっさらなノートに書きつけて
千切り取って捨てる

（手の優しさにすべてを信じ、ぬぐい捨てた

今はもう
迷うことはない

記憶を塗り重ね
塗り替える

胚だけかじりとられた脂のかたまり
（もはや芽吹くことはないと思っていた
（埋めたことすら忘れていた
くねりながら土を押しのけ
身をもたげる双葉

――圏外まで光素《エーテル》は満ち

若葉に山肌は息づき

巨木にからんだ藤が
枝先から雫をふりこぼす

からまれた木の軋み
うめく響き

木々の間から
キビタキの声

息の道

あふれかえる春の内側、薄闇のしめりに充たされた杣道を行く。足跡は既に埋もれ、栞を残したという言葉だけが私を奥へと導いていく。

時折道を逸れて、翡翠色に芽吹く葉群れをかき分ける。あなたの身振りをまねてしゃがみ、大地を掌で抑える。崩れ始めた腐植土の感触。

――ぼろくずのように
己を使い果たしてしまいたかったのだろうね

（ほそくたちのぼる声を、私はたしかに聞いた

身は静かに残り
おさえてもおさえても
あふれだす痕跡の
水の指の
去り際だけを
鮮やかに突きつけてくる

——大切に息を交わすひととき

人肌の温みを持つ大地から
たちのぼる香気

囁きを吸いこみ持ち去っていく朝靄の湿度。いらえのない森の奥で、まだ形を残す葉を拾い上げる。しなだれ指にまつわりながら融け落ちる葉肉。

声だけが内に外に息をひそめ耳元でささやき返し、見えない蝶となって先を行く。木漏れ日の縁が薄れ、明るみを増していく木々の懐。

まだ心は暗い。しるべとなる火明りを胸に抱いて、焼け落ちた洞を吹き抜ける風を辿る。しみる、その声をこらえ、あざやかに私にふれたひとの、

詩の生まれるとき

あらゆるものが透きとおり向こう側の厚みが板ガラスのように重なって押し寄せてくる一瞬。大気は隠沼の濃度を持ち、酸素吸入をしている時のように髪の毛の一本一本にまで意識が染みとおる鋭敏さは浅葱色、肌になまめいたものが直に触れている感触だけが際立つ。

あなたの舌に甘く包まれ過ぎ去っていく緑の風を聞いていた。あらゆるものが透きとおり私を超えて通り過ぎ、重なりあう厚みが輝く者と影とを激しく入れ替えていく。
沸き立つ水を抱え持つ重さにゆらいで私は自らの意識を離れ、広がりゆく染みとして取り残される。

あらゆる事物の裏側を葉脈のように流れる通路が、その時だけ青空を覆い尽くし流体となって寄せてきていた。北の詩人が貝の火と呼んだ炎がちらちらと異語を放ち、ゼリー状の物質がそれを柔らかく守っている。そこだけ時空がゆがんで光を曲げているようだった。

通路を次々と流れていく透きとおる軟玉、炎の舌を閉じ込めている。あれが卵だ、封印された思慕が内部で激しくほどかれながら孵る時を待っている、そうしてはるか先まで流れていく。空の裏側を流れる水路に踏み入り、卵を掬い上げるあなたの手だけが白くあかるい。

失われた裂け目が呼び込んでくるもの。あらゆる矩を超えて溢れ出し延びていく先。届かない声が充満し内から皮膜を突き破る。叫びではなくかつて放たれた声が響きとなって漂い、ゆがんだ光を引き延ばす、そのとき私の肉体は既にない、想いが鋭くすべり声をあげる、

放つ

行き過ぎる人の後ろ姿に
伝記の中に現れる気配の似姿に
……意識が向かい　立ち消え
談話の断片に漂うしぐさに
すれ違う何気ない微笑みに
……こみあげるものを落とし込み
　　　　　　　　　　　席を立つ

葉裏をかえす風や
ゆびのすきまをくぐる水のぬるみに

不用意にひらかれる記憶の蓋
ふくらんではじけて剝がれ落ちる
　　　　　　　　　苔の鱗片

ひらこうとして
うすれきえゆくもの

散らばっていた像が
硝子絵の欠片を寄せるように
集まり　抜け出し
ひとりのすがたとなる

影となって押し寄せ
立ちすくむ私をのみこみ通り過ぎて
潤みはじめた空
空白

ふれることのゆるされないひとであったから
なおさら触れ得るものから影を
たちあげようとするあさましさを
　澱みとして持つことを
いのちあるものの歓びとして

苦く

域を超えたひとを
烈しく追いながら
生の際に立ち止まる
託されたものを
胸に抱いて
虚空へと
声を

白く、ゆれる

ハンカチの木が咲きました。
――幽霊の木とも呼ぶのですよ
よみがえるあなたの声。

ひっそりと目立たぬ花を
大小一対の白い苞でつつみこんで
今年もまた木陰をあかるませています。
そのように生きていきたいと
願った時もありましたけれど。

役割を終えて地に落ちた苞をひろい、
手にしていた本にはさんで押し花にしました。
――この本はいいね。
（そうでしょう、向こうに抜けていく沈黙がある）

霊園からの帰路は思いがけず陽が射して、
砂利石の間から細い茎をのばしたカタバミが
かすかな石英の反射を受けて風にゆれていました。

軽く乾いたハンカチの木の苞葉を
宛先のない手紙として
風にゆだねます。

*

とうとうと流れる河の浅瀬に立っていた
水を汲む
ガラスの壺に移し終えて
これが私の一生分

陽にかざす

切子の一面いちめんに
見知らぬ景が浮かんでは消え

緑の芽を隠しもった
枯草の上に座る
ひとしずくずつ手のひらに受けて
あなたへと文字をつづる

水は光の住処だから

私の内を流れ空に還り
したたるものは既に域を越えている

ゆらぎを追い続けること
与えられたものを使い尽くしてもなお

目次

あとがき

　カバー装画は、版画家の謡口早苗さんのメゾチント、「すずらん」を使わせていただきました。私が学生だったころ、上野公園のチャリティー版画展でひとめぼれして、思わず求めた一枚です。以来三十年近い年月、いつも身近に置いて眺めてきました。その間、父が逝き、恩師が逝き……大切な人、大事な人との、出会いと別れがありました。

　立ち去った者は行き過ぎたのではない、呼びかけるものとして戻ってくる。今、そのことが何よりも強く心に響いています。

本詩集はおもに「Rurikarakusa」、「千年樹」、「交野が原」、「ＥＲＡ」に発表した作品から構成しました。初出の形に少し手を加えています。編集に際しては、吉田文憲さんに貴重な示唆をいただきました。心より御礼申し上げます。

制作にあたり細やかな配慮を頂きました土曜美術社出版販売の高木祐子社主に深く感謝いたします。

二〇二〇年八月

青木由弥子

著者略歴

青木由弥子（あおき・ゆみこ）

1972年　東京生まれ
2015年　第24回詩と思想新人賞受賞

詩集　『星を産んだ日』（土曜美術社出版販売　2017年）
　　　『il』（私家版　こんぺき出版　2018年）

所属　「千年樹」「ERA」同人
　　　「Rurikarakusa」発行

住所　〒146-0085　東京都大田区久が原2-7-15

詩集　しのばず

発行　二〇二〇年十月十日

著者　青木由弥子
装丁　直井和夫
装画　謡口早苗
発行者　高木祐子
発行所　土曜美術社出版販売
〒162-0813　東京都新宿区東五軒町三―一〇
電話　〇三―五二二九―〇七三〇
FAX　〇三―五二二九―〇七三二
振替　〇〇一六〇―九―七五六九〇九
印刷・製本　モリモト印刷

ISBN978-4-8120-2592-5　C0092